AF460642

Henriette JEAN PERRIN

Zozo et Toto

Illustrations
d'Aline LAPICQUE-PERRIN

Librairie DELAGRAVE.

Henriette JEAN PERRIN

ZOZO ET TOTO

ILLUSTRATIONS d'Aline LAPICQUE-PERRIN

PARIS
LIBRAIRIE DELAGRAVE
15, RUE SOUFFLOT, 15
1927

ZOZO ET TOTO

I

PRÉSENTATION DE ZOZO ET DE TOTO

Zozo a neuf ans; elle a des cheveux d'or tout frisés, des yeux bleu de lin, le front bombé et la bouche sérieuse d'une personne qui réfléchit beaucoup. Elle est très gaie tout de même.

Toto, son frère, a six ans. Il a des cheveux blonds légèrement bouclés, de grands yeux verts, une petite bouche rêveuse, l'air méditatif et courageux.

Bien sûr, Zozo et Toto ne sont pas de vrais noms. Mais Lise et Jean ont pris l'habitude de s'appeler ainsi en jouant, et leurs parents ont fini par les imiter. Les parents imitent volontiers le langage des enfants, et c'est pourquoi les enfants doivent faire attention à bien parler.

II

INSTALLATION A LA CAMPAGNE

Zozo et Toto ont d'abord habité Paris, au cinquième étage d'une maison du quartier des Feuillantines. Ils ont joué à toutes sortes de jeux sur un balcon, grillagé à leur intention comme une cage à lapins, un balcon d'où l'on voyait les arbres de l'École Normale et le dôme du Panthéon.

Maintenant, pour qu'ils aient plus d'espace et de liberté, leurs parents viennent de louer, près de Paris, une ancienne petite ferme avec un grand jardin, où l'on pourra avoir beaucoup de bêtes, une vraie maison de campagne enfin.

Zozo voulait qu'on eût tout de suite une vache, un chien, un âne, un chat, une oie. Son papa lui a dit que pour la vache et l'âne, il fallait attendre, et il a ajouté très impoliment qu'on avait déjà une gentille petite oie. Mais il a bien voulu acheter un jeune chien et deux canaris, et la propriétaire a laissé dans la maison sa chatte et son perroquet.

Il est convenu que le chien, un bel épagneul noir qui s'appelle Négro, appartiendra à Zozo; les deux canaris Jaunet et Blanchette seront aussi à elle. Toto sera possesseur officiel de la chatte grise Moumoune et de Vert-Vert, le perroquet.

Enfin, il est entendu qu'on ajoutera bientôt des poules à cette ménagerie. Mais ce seront les bêtes de Justine, la bonne, qui dit que ce n'est pas la peine d'habiter la campagne si l'on n'a pas des poules et des lapins. Cette opinion est respectable.

Tout au fond du jardin, dans une herbe épaisse, il y a de gros arbres qui peut-être donneront beaucoup de fruits en été.

Zozo et Toto gambadent au travers de ce verger, pendant que leur maman coupe des branches et des fleurs pour la salle à manger.

« Je choisis pour maison ce gros arbre, dit Zozo.

— Et moi celui-là, dit Toto.

— C'est un prunier, dit leur mère, en aidant Toto à y grimper. Vous pourrez, cet été, lire dans vos arbres, et, quand il y aura des fruits bien mûrs, vous en mangerez.

— Mon arbre, c'est un pommier, dit Zozo. Je t'inviterai à venir m'y voir, Toto. Oh! comme on va s'amuser! »

III

UN MÉFAIT DE NÉGRO

Zozo et Toto ont chacun un carré de terre qu'ils peuvent cultiver à leur idée.

Zozo a décidé de mettre dans son jardin des géraniums, du persil, des capucines et un rosier rouge. Toto veut faire pousser dans le sien un lis, des radis, des pieds-d'alouette, des liserons et un rosier mousseux.

On a acheté sur le Quai aux Fleurs, à Paris, les graines, les oignons et les plants qu'il fallait.

Zozo et Toto ont alors consacré tout un dimanche à leurs jardinets. Ils ont pioché, ensemencé, planté, arrosé. Aussi étaient-ils bien fatigués le soir : à peine ont-ils été couchés que le bon sommeil que donne l'exercice est venu tout de suite.

*
* *

Le lendemain matin, sitôt lavés, coiffés et habillés, Zozo et Toto courent au jardin.

Hélas! Que s'est-il passé?

— Une bête est venue pendant la nuit et a creusé de grands trous au travers des semis et des plantations.

Les pauvres petits jardiniers sont consternés. Ils vont à la cuisine raconter à Justine ce qui est arrivé.

« C'est sans doute un renard, explique Toto très ému.

— Mais non, dit Justine, c'est Négro, pour sûr, qui a fait ces trous. Il est jeune, ce chien; il ne peut pas s'empêcher de creuser, de mordiller. Il vous en fera voir encore, allez! »

Zozo est bien fâchée d'apprendre que son ami Négro pourrait être le coupable. Elle ne voudrait pas y croire. Comme son père entre à la cuisine, elle le questionne.

« Papa, il y a de grands trous dans nos semis. Justine dit que c'est Négro.

— C'est bien possible, allons voir ensemble. »

Et l'on constate que, près des trous, il y a des empreintes de pattes, juste celles que fait Négro quand il marche dans la terre molle. On l'appelle.

Négro, se sentant en faute, arrive la tête basse,

« Qu'est-ce que vous avez fait, vilain chien ? » Et le papa de Zozo, ne se contentant pas de faire une grosse voix sévère, prend entre ses mains les pattes de devant de Négro, et force les pattes coupables à remettre de la terre dans les trous.

Le beau chien paraît très humilié de ce châtiment inattendu, et les enfants rient aux éclats de l'ingénieuse idée de leur papa.

*
* *

Zozo et Toto, après cet incident tragi-comique, sont remontés dans leurs chambres pour travailler.

Zozo s'est mise tout de suite à faire son devoir d'anglais ; mais Toto, avant de commencer sa copie, a éprouvé le besoin d'apprendre une nouvelle leçon à son ami Vert-Vert, le perroquet ; il lui a répété plus de vingt fois :

« Le chien de Zozo est bête, le chien de Zozo est bête. »

Ce nigaud de perroquet a seulement retenu un morceau de la leçon. Le lendemain, il disait à tout venant : « Zozo est bête ! » Et Zozo était furieuse, naturellement.

IV

MOUMOUNE ET SES PETITS

Zozo et Toto sont bien contents. La belle chatte grise Moumoune vient d'avoir quatre petits chats. Il y en a un noir avec une tache blanche sous le cou, deux tigrés et un gris foncé.

Moumoune a l'air très fière ; couchée près de ses petits, elle regarde Zozo et Toto avec de bons gros yeux affectueux et fait ronron tant qu'elle peut.

Le petit minet noir à médaillon blanc plaît beaucoup à Zozo ; elle déclare que ce sera son chat.

« Je l'appellerai Raton, » dit-elle.

* * *

Moumoune s'est couchée si lourdement sur ses petits qu'elle en a étouffé un : le gris foncé. Mais cet accident ne l'a pas émue. Elle ronronne d'un air satisfait au milieu des trois petits qui lui restent.

« Moumoune devrait avoir du chagrin d'avoir perdu un de ses enfants, dit Toto.

— C'est que Moumoune ne sait pas compter jusqu'à quatre, lui répond son père, et ainsi, tu comprends, elle ne s'aperçoit pas qu'il lui manque un petit.

— Alors, dit Toto, il vaut mieux que la bonne chatte ne sache pas l'arithmétique. »

Ne pas savoir compter, ce n'est une supériorité pour personne, pas même pour Moumoune. Toto, si votre chatte eût su le nombre de ses enfants, elle ne se serait pas couchée négligemment sur l'un d'entre eux.

V

UNE IDÉE DE TOTO

« C'est dommage que mes serins ne soient pas noirs, a dit Zozo à son frère, parce qu'alors toutes mes bêtes seraient noires. »

Une idée fameuse a aussitôt traversé la tête de Toto...

*
* *

Zozo est sortie avec sa maman. Toto s'en va doucement dans la chambre de sa sœur. Il tient à la main une petite bouteille d'encre et un pinceau.

Il grimpe sur une chaise, ouvre la petite porte de la cage et saisit Blanchette.

La pauvre serine est très émue ; son cœur bat dans la main de Toto. Le bon petit a d'ailleurs très peur de lui faire mal ; il lui parle doucement : « Blanchette, jolie Blanchette. » Puis il se décide : avec son pinceau plein d'encre, il barbouille l'oiseau. Blanchette se débat et Toto est tout éclaboussé d'encre. Le jeune artiste persévère et ne remet Mme Canari dans sa cage que lorsqu'elle est vraiment noircie. Puis il attrape Jaunet et s'applique à le peindre aussi. Il a plus d'assurance maintenant et réussit mieux.

Il a presque fini quand il voit que Blanchette s'ébroue dans sa baignoire. Et il a si peur à l'idée que son beau travail va être perdu qu'il en laisse échapper Jaunet. Pour comble, voici que Moumoune, qui se permettait de dormir sur le lit de Zozo, se réveille au bruit des battements d'aile du canari affolé; l'œil terriblement intéressé, elle se ramasse pour bondir.

Toto est bien inquiet. Il comprend vite que le plus urgent est de mettre la chatte à la porte, et il y parvient avant qu'un malheur soit arrivé.

Mais, maintenant, comment faire pour attraper Jaunet? Comment s'arranger pour que Zozo ait, en rentrant, la belle surprise que Toto voulait lui faire?

Toto est en détresse. Il irait bien demander à Justine de l'aider. Mais Justine n'est pas toujours commode, et Toto n'est pas sûr qu'elle comprenne que l'idée de faire des canaris noirs est une belle idée.

Toto sent que son papa, qui est si intelligent, est le seul qui ne trouvera pas son idée absurde et voudra bien l'aider.

Bravement, le pauvre Toto va trouver son père.

VI

TOTO DEMANDE SECOURS A SON PÈRE

En voyant arriver Toto, les joues rouges et les mains couvertes d'encre, son père devine bien qu'il a fait quelque sottise; mais il le regarde sans sévérité, attendant ses explications.

« Papa, j'ai voulu faire une surprise à Zozo, balbutie Toto, elle désirait des canaris noirs...

— Je devine : tu as voulu peindre avec de l'encre les serins de Zozo. Tu n'as pas bien réussi, et ils se sont échappés. »

Toto regarde avec reconnaissance son père, qui sait si bien deviner les choses.

« Oui, dit-il, Jaunet s'est sauvé dans la chambre. Je

voulais aller chercher Justine, mais j'ai pensé qu'elle crierait.... J'ai mieux aimé venir te trouver. »

Le papa de Toto sourit. Il est très touché de la confiance de son petit garçon. Il l'attire à lui et lui caresse les cheveux :

« Je ne trouve pas ton idée très remarquable, mais c'est une idée tout de même..... Ce qui me fait plaisir, c'est que tu sois venu tout de suite me dire ton embarras. Embrasse-moi. Je vais t'aider à rattraper Jaunet. »

On a eu beaucoup de peine à prendre le canari, qui volait, effaré, dans tous les coins de la chambre ou se cognait désespérément contre les vitres. Enfin, on a pu le remettre dans sa cage.

« Maintenant, Toto, lui dit son père en riant, il n'y a pas à espérer que ces canaris restent longtemps noirs, mais Zozo est bien capable, tout à l'heure, de croire qu'ils commencent à le devenir. Nous verrons. »

Alors, quand Zozo est rentrée, Toto lui a dit qu'il poussait des plumes noires à ses canaris. Bien vite, elle est allée voir. Mais elle est revenue plus vite encore, moitié riant, moitié fâchée :

« Des plumes noires qui pousseraient n'auraient pas fait de taches d'encre dans la cage. C'est toi, Toto, qui as essayé de peindre mes canaris. Quel garçon stupide tu es! Pour ta punition, tu repeindras ma cage avec du ripolin. »

Beaucoup de choses très embarrassantes s'arrangent, lorsque les enfants ont confiance dans leurs parents. Et, pour obtenir cette confiance, il suffit peut-être de se rappeler ce qu'on sentait quand on était soi-même un petit enfant, comme on avait peur qu'on parlât fort et qu'on fût véritablement fâché.

VII

ZOZO JOUE UN TOUR A TOTO

Zozo a voulu jouer un tour à Toto, mais les tours que joue la bonne petite fille ne sont pas bien terribles.

Elle a trouvé, à la cuisine, de la colle de farine bien blanche, pas trop épaisse, que Justine venait de faire. « Qu'est-ce que c'est que cette bouillie? a-t-elle demandé.

— Oh! ne la tripotez pas, a répondu Justine. Votre maman m'a demandé de la colle bien propre pour coller des photographies.

— Donnez-m'en un peu, s'il vous plaît, a dit Zozo; j'ai quelque chose à coller. »

Zozo a emporté de la colle dans une assiette creuse, et elle est allée trouver Toto.

« Regarde, Toto, la belle crème que Justine a faite. Je t'en ai porté un peu. »

Toto a goûté la colle. « Elle est très bonne, cette crème, » a-t-il dit. Et il a mangé tranquillement la colle.

« Tu sais, tu as mangé tout simplement de la colle

de farine, » a dit Zozo à son frère, quand l'assiette a été vide.

« Eh bien, c'est très bon, la colle de farine, » a répondu Toto avec dignité.

VIII

LA FÊTE DE TOTO

Zozo trouve bien plus amusant, au fond, de faire plaisir à ses amis que de leur jouer des tours. Depuis deux mois au moins, elle imagine des surprises pour la fête de Toto. Elle a fini par trouver que rien ne serait plus gentil que de lui offrir un déjeuner sur son arbre. Sa maman, consultée, sourit et lui répond :

« Eh bien, je te permets de commander à Justine les plats que tu voudras. Arrange ton déjeuner pour le mieux.

— Alors je commanderai un poulet, puis, je pense,

des beignets aux pommes... Je verrai avec Justine. Toi et papa, vous serez invités, naturellement. Il faudra amener Toto à son arbre comme par hasard, en te promenant avec lui. »

Zozo a eu plusieurs conférences mystérieuses avec Justine, et le lendemain, jour des sept ans de Toto, elle a porté, près de l'arbre de son frère, un grand panier couvert d'un linge blanc.

Midi sonne. Toto, qui travaillait près de sa mère, entend la voix de son papa : « Venez au verger ; nous verrons s'il y a des fruits mûrs. » C'est drôle : on dirait que cette voix n'est pas tout à fait naturelle.

On va donc au jardin, et tout à coup le bon petit Toto a un sourire heureux qui semble dire : « Je savais bien qu'il y avait quelque chose. » en même temps qu'il ouvre des yeux émerveillés.

C'est que son arbre est devenu un arbre des Contes de Fées. Des fruits de toutes sortes, abricots, raisins, pêches, bananes, sont suspendus aux branches, entre lesquelles courent des guirlandes de fleurs et des rubans d'argent et d'or.

Et voilà Zozo qui s'est faite belle : elle a sa robe de mousseline blanche et une ceinture de soie bleue. Elle vient embrasser Toto et lui souhaite une bonne fête.

Puis elle soulève le linge blanc qui couvre le panier. Toto devient rouge de plaisir en voyant le poulet rôti, les beignets bien saupoudrés de sucre, les framboises, les petits pains tendres.

On s'installe sur l'herbe autour de l'arbre : ce sera tout de même plus commode que de se mettre tous sur l'arbre. Zozo distribue le pain et le poulet, puis verse du vin muscat dans des petits verres.

Tout le monde est joyeux, mais Toto, de plus, est ému. Avec des lèvres un peu graissées par le poulet, il embrasse Zozo.

IX

LA BASSE-COUR DE JUSTINE

Justine est arrivée à ses fins. On lui a acheté un couple de lapins, quatre poules et un coq.

La lapine est blanche et noire. Elle s'appellera Lola. Le lapin est tout noir. Zozo lui a cherché un nom dans le calendrier ; elle a trouvé que Polycarpe ne ferait pas mal ; mais ce beau nom n'a pas plu à Justine. Toto a proposé Bob, qui a été accepté.

« Les poules ne sont pas des personnes autant que les lapins, a dit Zozo ; ce n'est pas la peine de leur donner des noms. »

On a installé dans une petite cour, près de la cuisine, les lapins et les poules.

« Ce sera ma basse-cour, dit Justine d'un air ravi ; avant six mois, j'aurai des petits poulets et des petits lapins. »

Zozo et Toto pensent que ce sera bien amusant.

X

UNE INVITATION

Zozo et Toto ont invité à déjeuner leurs amis Jean, André et Madeleine.

C'est un déjeuner d'enfants. Les parents ne seront pas là. Justine fera des pommes de terre frites, et on pourra les manger avec les doigts.

Jean, André et Madeleine arrivent très joyeux.

« Tiens, dit Jean, la table est mise pour sept, et je croyais que nous n'étions que cinq.

— C'est une idée que j'ai eue, dit Zozo ; ce sera très amusant ; tu vas voir. »

Et voilà qu'elle installe à table, sur un tabouret, Mme Moumoune, la chatte grise, et lui met une serviette de bébé au cou. Moumoune prend une attitude tout à fait distinguée.

Pendant ce temps, Toto a installé Raton, le chat noir, devant une autre place. Les deux chats ont chacun leur petite assiette.

On se met à table. Les enfants servent aux minets, qui ronronnent, les petits morceaux gras de leur viande.

Mais, tout à coup, Raton saute par terre pour suivre Justine à la cuisine. Tous les enfants se lèvent pour le rattraper.

Pendant ce temps, Moumoune monte sur la table et commence de manger la crème à la vanille.

XI

LA MALADIE DE RATON

« Nous allons jouer à un jeu très amusant, dit Zozo à son frère. Raton serait mon fils ; il serait un peu malade. Je vais le coucher dans mon lit de poupée. Toi, Toto, tu serais le médecin. »

Zozo se fait prêter par sa maman un bonnet garni

de rubans bleus, qui a servi à Toto quand il était tout petit, tout petit.

Coiffé de ce bonnet et couché dans le lit de poupée, Raton a vraiment un air très intéressant.

Toto met le chapeau de son papa et arrive gravement.

« Docteur, dit Zozo, je suis très inquiète ; mon fils a la fièvre depuis ce matin. »

Toto pose son chapeau et tâte le pouls à Raton. Le chat, qui est content d'être couché dans un petit lit chaud, abandonne volontiers sa patte au docteur.

« Oui, votre fils a un peu de fièvre, dit Toto, mais cela ne sera pas grave. Vous allez lui donner une pilule de quinine. »

Zozo donne alors à Raton, qui l'avale sans trop se faire prier, une boulette de mie de pain.

« Maintenant, dit le docteur, il ne faut pas faire de bruit. Vous allez fermer les rideaux pour que votre enfant dorme bien. Je crois que demain il sera guéri. »

XII

ZOZO A LA ROUGEOLE

Zozo a été abattue pendant plusieurs jours, puis elle a eu de la fièvre.

Le médecin, appelé, a reconnu la rougeole. Il faut que la pauvre Zozo reste au lit, bien couverte, et qu'elle boive des tisanes très chaudes.

Et Toto doit vivre tout à fait séparé de Zozo, ne pas approcher de sa chambre. « On pourra peut-être ainsi éviter la contagion, a dit le médecin. Il est probablement trop tard, mais nous devons tout de même essayer. »

Toto couchera donc dans la buanderie, près de la cuisine, et il vivra toute la journée au jardin.

Le temps est magnifique. Toto ne s'ennuiera pas. Il regardera les plantes, les oiseaux, les insectes.

Tandis que Zozo est toute rouge et très fiévreuse, Toto se promène gravement, l'air un peu préoccupé. De loin, parmi les branches, dans le soleil, il a l'air d'une grosse fleur.

Quelquefois sa maman vient en hâte lui dire bonjour. Elle n'a pas le droit de l'embrasser, parce qu'elle vient de la chambre de Zozo, mais elle le regarde bien tendrement.

Il y a des regards de maman qui sont tout pareils à des baisers.

XIII

C'EST LE TOUR DE TOTO

La pluie est arrivée, et Toto n'a pas pu continuer à vivre dans le jardin. Il n'a pas tardé à perdre sa belle mine ; aux couleurs roses de ses joues ont succédé de petites taches rouges.

Le médecin a dit que Toto pouvait reprendre sa petite chambre près de la chambre de Zozo. Il a même conseillé de laisser la porte de communication ouverte pour que les deux enfants s'ennuient moins.

Zozo va mieux maintenant ; elle donne des conseils à Toto : « Couvre-toi bien ; il faut que l'éruption sorte. Tu me diras quand tu seras bien rouge. »

Toto est très abattu. Il ne parle presque pas, et reste bien sage sous ses couvertures ; comme cela, il sera plus vite guéri.

On peut bientôt rouler le fauteuil de Zozo près du lit de Toto, et leur maman tâche de les distraire.

« Raconte des histoires, des histoires de quand tu étais petite, » demande Zozo.

« Moi, je voudrais des petits carrés de papier blanc pour faire des cocottes, » dit Toto.

Et la maman de Zozo et Toto se prête à toutes leurs petites fantaisies de convalescents.

Mais surtout elle sait les amuser en leur jouant la comédie avec un petit théâtre de marionnettes.

Quand les malades n'ont plus de fièvre, il est très utile de les faire rire, pour hâter leur guérison.

XIV

IRÈNE

Zozo et Toto ont pour amie une petite fille de neuf ans, Irène.

Le jardin d'Irène n'est séparé de celui de Zozo et Toto que par un petit mur couvert de roses rouges.

Irène est la fille d'un grand savant. Elle est un peu sauvage. Elle a tout de même très vite accepté de jouer avec Zozo. Pour Toto, elle a fait plus de cérémonie, parce qu'elle a une prévention contre les garçons. Mais, quand elle a vu que Toto était doux comme une petite fille, et, avec cela, très intelligent, elle a demandé à Zozo d'amener tous les jours « le petit monsieur ».

Irène a deux poupées avec lesquelles on s'amuse beaucoup. Il y en a une qui a les yeux à moitié crevés, mais ça ne fait rien. On lui met un bandeau, et elle joue le rôle d'une petite fille qui aurait mal aux yeux. L'autre poupée a une jambe en mauvais état; aussi recommande-t-on à la bonne, qui est tantôt Irène, tantôt Zozo, de ne pas la faire marcher trop longtemps.

Toto est le papa des poupées, ou quelquefois le vieux domestique de la famille.

XV

UN CRIME DE MOUMOUNE

La maman de Zozo et de Toto, qui était sortie, les retrouve très émus quand elle rentre.

« Maman, dit Zozo, Moumoune a attrapé un petit oiseau ; elle l'a tué, elle voulait le manger. Nous le lui avons pris et nous l'avons enterré près d'un rosier.

— Cette chatte est cruelle, dit Toto, je ne l'aime plus.

— Mes petits, répond leur maman, puisque l'oiseau était mort, vous pouviez le laisser à Moumoune. Elle est bien vilaine, cette chatte, de tuer les petits oiseaux ; mais il ne faut pas être trop sévère pour elle. Nous mangeons bien du poulet, nous.

— Oh ! maman, proteste Zozo, ce n'est pas la même chose ; nous ne tuons pas nous-mêmes les poulets. Et puis ils sont cuits quand nous les mangeons.

— Je crois, mes chéris, que Moumoune aimerait mieux qu'on lui servît les petits oiseaux plumés et rôtis. Elle n'a pas grand plaisir à avaler des plumes qui la font tousser.

— Mais, répond Zozo, on dirait que cela l'amuse de faire souffrir les oiseaux qu'elle attrape.

— Elle ne comprend pas que c'est mal de faire

souffrir. Il y a des gens bien plus intelligents que Moumoune qui ne le comprennent pas.

— Moi, dit Zozo, je ne voudrais pas tuer une bête, même si je n'avais rien à manger.

— Mes chéris, vous êtes de bons petits. C'est très bien d'avoir horreur de la cruauté. Tout de même, pardonnez à Moumoune. Il faut être indulgent aux bêtes, comme aux gens, qui n'ont pas assez d'imagination pour comprendre le mal qu'ils font. »

XVI

ZOZO ET TOTO FONT LA CUISINE

Justine est absente. Elle reviendra seulement pour préparer le dîner.

Zozo et Toto se sont chargés du déjeuner. Zozo est cuisinière, et Toto marmiton.

Pendant que Zozo achève ses préparatifs, Toto met le couvert.

Il s'en tire très bien, Toto ; il n'oublie ni les porte-couteaux, ni les salières, ni le pot à moutarde. Il place un petit bouquet de roses devant sa maman et un œillet devant son papa. C'est vraiment un marmiton attentionné, ce bon petit Toto.

Toute rouge de la chaleur du fourneau, Zozo apporte les œufs à la coque. « Ils sont bien cuits, dit-elle, ce ne sera pas comme les œufs que Justine a servis l'autre soir.

— En effet, dit un instant après le papa de Zozo, ils sont réellement bien cuits ; ce sont des œufs durs assez bien réussis.

— Oh ! que je suis fâchée, dit Zozo, je croyais bien ne les avoir laissés que trois minutes dans l'eau bouillante. Heureusement nous allons avoir de belles escalopes ; je vais les chercher. »

Et presque aussitôt on entend de grands cris : « Oh ! maman, maman ! Ces affreux chats m'ont volé deux escalopes. Et pourtant ils avaient l'air si sages pendant que je faisais ma cuisine !

— Allons, Zozo, ne te désole pas, lui dit son père, on s'arrangera avec les deux qui restent et qui, d'après ce que je vois, sont presque assez cuites. D'ailleurs, la purée de pommes paraît excellente. »

Cette purée est en effet si bien faite qu'on serait vraiment mal venu à remarquer qu'elle pourrait être moins froide. Et le riz au lait a un petit goût de brûlé qui le rend plutôt meilleur ; c'est du moins ce que dit la maman de Zozo.

Au fond, le déjeuner de Zozo et Toto n'était pas très bien réussi, n'est-ce pas ? Pourquoi donc laissera-t-il un si bon souvenir à leur papa et à leur maman ? C'est qu'ils se rappelleront avec attendrissement le zèle et la bonne humeur des deux petits cuisiniers.

Il est très important d'avoir une bonne tête aimable et joyeuse quand on offre un déjeuner. Cela fait plus de plaisir aux invités que la qualité des plats qu'on leur sert.

XVII

LE PETIT CHAT MALADOU

Un des enfants de la chatte Moumoune était un pauvre petit chat malingre et laid. Sa mère l'avait nourri quelque temps, puis l'avait tout à fait négligé. Il avait vécu parce que Zozo et Toto lui avaient souvent donné du lait, mais il n'avait pas pu devenir un chat comme les autres. Il n'avait pas la force de lécher sa fourrure grise et blanche pour la rendre luisante ; aussi avait-il toujours l'air de porter un habit sale et râpé. A cause de son aspect maladif, Zozo et Toto l'appelaient Maladou.

Zozo aurait bien voulu rendre Maladou heureux ;

elle lui portait tous les matins du lait tiède dans le jardin et lui parlait doucement. Mais le bonheur dont rêvait Maladou, c'était de vivre dans la maison, dans la maison chaude, où entrait, quand cela lui plaisait, sa belle et indifférente mère, la chatte Moumoune.

Pauvre Maladou ! Il essayait d'entrer, dès qu'on laissait la porte ouverte, mais presque tout de suite Justine le chassait en disant :

« Va-t'en, sale petite bête ! »

Et Zozo ne pouvait pas protester, parce qu'elle savait bien que Justine avait raison. Maladou était réellement une petite bête sale qui ne respectait pas les planchers cirés de la maison. On avait pitié de lui, mais vraiment on était forcé de le faire vivre au jardin, même quand il pleuvait, même quand il faisait froid.

Un soir, il tomba beaucoup de neige. Il faisait très, très froid, et Maladou miaulait lamentablement devant la porte.

Zozo et Toto, assis avec leurs parents devant le grand feu clair qui brûlait dans la cheminée, écoutaient ce miaulement incessant, plus faible et plus triste d'instant en instant.

Zozo n'osait rien dire, mais regardait son père. Et celui ci, ému lui aussi, finit par se lever, ouvrit la porte, prit le petit chat sale et grelottant, et le mit près du beau feu.

« Il a l'air vraiment malade, dit-il, laissons-le se

réchauffer un peu. Zozo, donne-lui du lait devant le feu. »

Maladou était enfin heureux ; il se frottait contre les pantoufles de Zozo, et il ronronnait de tout son cœur. Il était tellement content de se chauffer et de n'être pas repoussé qu'il ne buvait pas son lait. Son humble joie était si touchante qu'on n'eut pas le courage de le renvoyer passer la nuit dans le jardin noir et glacé.

Maladou mourut le lendemain ; dans sa vie courte et misérable, il avait eu, du moins, un soir de bonheur.

XVIII

LA FÊTE DE ZOZO

Pourquoi Toto a-t-il eu, ces derniers temps, l'air si mystérieux et si content, quand il allait, le dimanche matin, à sa leçon de menuiserie. Et pourquoi ce grand paquet, si bien enveloppé, apporté secrètement hier pendant que Zozo était sortie ?

C'est que c'est la fête de Zozo : elle a dix ans aujourd'hui. Zozo a l'air de ne pas s'en douter, mais je crois qu'elle le sait tout de même.

Elle va à la cuisine ; Justine se précipite devant sa table comme si elle voulait cacher ce qu'elle fait, et s'écrie avec impatience :

« Allez-vous-en, Mademoiselle, on n'a pas besoin de vous ici. »

Est-ce que Justine deviendrait méchante ? Ce n'est pas vraisemblable. Zozo sourit et va promener ses pensées joyeuses au fond du jardin.

Voici l'heure du dîner : on se met à table.

Il y a de bien bonnes choses pour ce dîner, et rien que des plats que Zozo aime : une soupe au cresson et aux pommes de terre, un vol-au-vent sauce crevettes, un poulet rôti, des haricots verts. Enfin, Justine entre portant quelque chose de magnifique : un gâteau aux marrons couronné de dix petites bougies de couleur allumées.

Zozo rougit de plaisir. Sa maman l'embrasse et lui donne une petite montre sur laquelle son nom est gravé, sous un bouton de rose. Son papa lui donne un livre, *Les Contes du temps passé,* avec de belles illustrations.

Et Toto, qui venait de disparaître, arrive avec une petite table. « Je te souhaite une bien heureuse fête, » dit-il à sa sœur.

« Oh ! la jolie table ! dit Zozo, ravie. C'est toi qui l'as faite, Toto ?

— Oui, c'est moi. »

Zozo est fière de son frère et l'embrasse de tout son cœur.

XIX

ADIEU ZOZO, ADIEU TOTO

Zozo et Toto, bons petits si gais, si confiants, si pleins de vraie sagesse, soyez bien heureux et faites de belles choses.

Puisse votre vie de « grandes personnes » laisser, comme votre vie d'enfants, une traînée lumineuse.

7-.7
IMPRIMERIE DELAGRAVE
VILLEFRANCHE-DE-ROUERGUE

www.ingramcontent.com/pod-product-compliance
Ingram Content Group UK Ltd.
Pitfield, Milton Keynes, MK11 3LW, UK
UKHW020220180726
13838UKWH00005B/2107